作者简介 >>>

　　陈颉，男，土家族，20 世纪 70 年代出生，中国作家协会会员。出版《最是澧水》《两年间》《澧水，澧水》等诗集。曾获第四届中国当代诗歌奖、全国首届"刘半农诗歌奖"、全国首届汨罗江文学奖诗歌奖等。诗集《澧水，澧水》入围第十一届全国少数民族文学"骏马奖"。张家界市第六批拔尖人才（文学类）。

天平山植物颂

桐成的琪落一幅画的样子

陈颉 /著

百花洲文艺出版社

图书在版编目（CIP）数据

珙桐落成一幅画的样子：天平山植物颂 / 陈颉著
. -- 南昌：百花洲文艺出版社，2024.1
ISBN 978-7-5500-4969-7

Ⅰ.①珙… Ⅱ.①陈… Ⅲ.①诗集 – 中国 – 当代
Ⅳ.①I227

中国国家版本馆 CIP 数据核字（2023）第 021297 号

珙桐落成一幅画的样子：天平山植物颂　　陈颉　著
GONGTONG LUOCHENG YIFUHUA DE YANGZI : TIANPINGSHAN ZHIWU SONG

责 任 编 辑　杨　旭
特 约 编 辑　张立云
装 帧 设 计　云上雅集
出　版　者　百花洲文艺出版社
社　　　址　南昌市红谷滩新区世贸路 898 号博能中心一期 A 座 20 楼
电　　　话　0791–86895108（发行热线）0791–86894717（编辑热线）
邮　　　编　330038
经　　　销　全国新华书店
印　　　刷　长沙市精宏印务有限公司
开　　　本　889 毫米×1194 毫米　　1/16
印　　　张　13
版　　　次　2024 年 1 月第 1 版第 1 次印刷
字　　　数　120 千字
书　　　号　ISBN 978-7-5500-4969-7
定　　　价　92.00 元

赣版权登字　05-2023-413

网　　　址　http://www.bhzwy.com
图书若有印装错误，影响阅读，可向承印厂联系调换

目录
MU LU

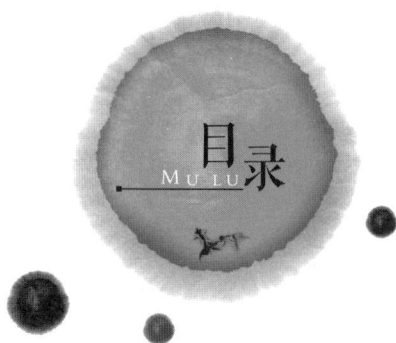

辑 一 珙桐落成一幅画的样子

辑 二 狗尾草，尖端上的喜悦

辑 三 风停了，花儿还在窃窃私语

辑一
PART1

珙桐落成
一幅画的样子

板栗树

八月肩头，小长条白色碎花

一寸寸覆盖，这明朗的喜悦

伴着情歌，迅速醒来

老家的山坡，留下我的孤独

一棵或者几棵板栗树

儿时的记忆

一定有先后的顺序

包括成熟的日子

也包括油板栗或者毛板栗

这种味觉的荡漾

一直在观望

有时也陷入一种困惑

担心一朵细碎的花儿

从风的缝隙中逃走

只是把踪影留给姿态

有时躺在地上，皲裂的老树

一巢嗷嗷待哺的小鸟

就那么撩动我孤寂的内心

直到枝丫突现一个个

带刺的小圆球

十月，短暂而真实

躲在树下望一枚枚爆裂的果实

在落叶间、草丛中，漫不经心

构建一种秩序，开花结果

繁衍生息，一棵树

在重新救赎安生之所

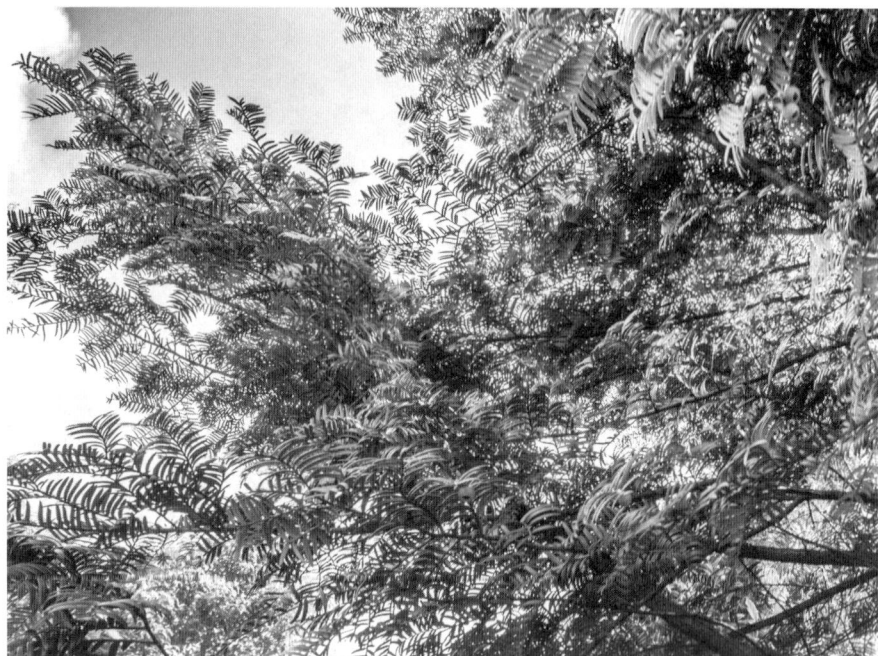

水杉树（摄影：李维跃）

水杉 ⋮

在路上

冷风吹散了我的孤独

织锦，行走的状态

天平山，潮湿的有些苍茫的文字

迈着铿锵的步子

将高海拔的清凉一一交出

小枝对生，交互对生

在植物界是一种谦卑

被隐藏的，是能够

快速拉开生长的距离

深秋时节，鸟鸣划过树梢

金针的言语，随风飞舞

大地一片金黄

委身武陵腹地，聚集的气息

不慕闲云，清淡的唱词

在溪水侧面，十米高台的舞曲

是更加深沉的寂静

红豆杉（摄影：谷志容）

红豆杉

之前，停在嘴里的味道

没有脱离一种颜色

红豆杉，十年一寸的呼吸

时间咬出的豁口

是天平山不断隆起的参照

高海拔的光晕中

风雨已经酿出记忆的美酒

"千楸万梓八百杉

不过红豆一枝丫"

面对一棵红豆杉

是占据，也是敬畏

结实的乳名与悬念

古人掏空心思

用一片棺板，反复诠释

寸长分宽的弯刀叶片

泪般猩红的诱人果实

构成凝固美学的血脉与经络

这方山水的背面

黄昏是一匹动荡的轻纱

细微情节，一滴雾雨

足够打发一棵树的坚韧时光

阳光交替，一副镣铐

一本童话书的雕刻版画

一双眼睛，复制相似的真实

探索我内心的重量

徜徉天平山秋天云端

大海般波澜，无穷无尽

我躲在文字的后面，准备用

半个世纪来阅读你的影子

珙桐（摄影：李维跃）

珙桐

遗世独立，悄然绽放

弥漫整个山岗，一群白鸽

蹁跹是无须掩饰的烂漫

第四世纪冰川遗留的天空

惦记沉甸甸的远方

那一瓣健康的呼吸

风中信物，依然生龙活虎

白鸽展翅，妙音缥缈

群山的剪影，一只酒杯盛满了

天平山尘埃落定的空茫

此时，我只想听听花儿

摇动山峰的沧桑

山的舞台，未必与我无关

身旁一匹匹白马疾驰而过

踏过鸟鸣、露水和原野

被时间打磨，羽化气度

而后装订成册，梦的风铃

慢慢指向虚弥

落成一幅画的样子

站在树下，风依旧在吹

沉默的人，更喜欢

卑微和细小，一些感怀微微掠过

喧哗与静默在持续延续

水青冈（摄影：李维跃）

水青冈 :::

我可以在树下停留

也可以用一粒种子

找到树叶的尖锐

峰回路转，漫长的枯荣

遍布山野的水青冈

你将怎样躲过

隐匿在高海拔的背影

七拧八扭的手臂

又蕴含了谁的沉默

裸露在外的根，年轮的细线

顺风拖出一道道谜题

是否有些慌乱

其实这些都是表象

水分涵养丰厚的树木

为了生存

早已预留了某个片段

一个静寂的空巢，是一艘船

在晨昏稠密的间隙

等待邮差把时光装满纷繁

月光潜伏在叶尖

嫩绿的枝条，掌声经久不息

飘逸的鸟鸣，花朵启程的风声

不胫而走

小路蜿蜒，青冈肃立

一只小鹿无所顾忌

清新的晚风

一直彼此依靠

香椿
···

一棵树的生长

有时取决于她的味道

比如，香椿隐秘的纹路

除了体内的幻影

还有暗香的裂口

以及记挂夜色的发髻

一条小溪肃穆侧身

土著的植物，孤寂朴素

赞美需要鼓起勇气

浅红芽孢在雪中燃烧

装载稚嫩的欲望

和义无反顾的挣扎

许多心事藏着

初春时节，采摘的芬芳

宁静落在时间的后面

在天平山，不要吵醒

任何生灵，就是香椿

也有噼啪作响的茂盛与欢笑

高海拔的缄默

各得其所

厚朴（摄影：谷志容）

厚朴
....

这味中药有些优雅

不可借助修辞描绘她

可以做一本诗集的封面

幽香冷峻

不拒绝多雨的山野

厚朴宽阔的页面

呼吸均匀，手臂扶过山峦

将四月一点点收紧

我走过去的时候

惊慌堆积起来，熟悉的心跳

慢慢靠近一块石头

深秋，陪一坡汉子

聆听风声，落叶簇拥身旁

一张张棉被

往昔的容颜隐于山水

远远超出暮色的分量

凹叶厚朴 ⋮⋮

秋天的落叶一层盖着一层

走进去，需放慢脚步

需重新审视

生怕惊醒芬芳留下的痕迹

一棵树叶正反两面

是挣脱时间的样子

被风挽起的记忆

一分为二

一面在裸露的枝丫间

轻轻翻动，另一面

是大地寂寞盛开的言语

就是躯干腐烂，根

依然会发芽吐绿

依然有着诡秘的落笔

成为春天的步履

夏天，凹叶厚朴

如墨的绿荫与满坡的云雾

互为交错，微风轻柔

山雀湿润的鸣叫，落英缤纷

红枫

把秘密置放在秋天

时光如一列火车

一枚红叶

缓缓开启动荡的心

一棵树，映照划过的弧线

点亮十月金黄

我不敢抬头

我不想拿走一寸光阴

暗红的誓言

保持秋天的惊喜

一棵红枫，有些想法

可以复活，更多时候

如一座起落的城池

青钱柳

●●●
●●●

黄金分割的节点

800米到1200米

隔着细雨

一声鸟鸣压低整个树影

春天，毛茸茸的嫩叶

丝丝纹脉，亮光的舌头

无须参照，风一般掠过

半坡、山边、沟壑

青钱柳独自蛰伏

母亲采摘的背影

最美的风景，簇拥整个春天

我提刀走在年少的路上

一树的碧绿

大于一壶茶的味觉

海拔在一株植物的体内

拿捏绿荫的宽窄

一棵树的蓬勃之势

替代我的倾诉

桑树 :::

与你有着千丝万缕的联系

是岁月沉积下来的一个场景

植桑养蚕

一片叶子就能颠覆

天平山高低不平的海拔

这个季节

祖母往复老家的山坡

避开晨露，甩掉阳光

不露声色的日子

微醉暗香，被唤醒的桑叶

汁液饱满，一*丝丝*

漾起蚕的伪装

桑树，生长缓慢

一只小兽在胸中涌动

我痴迷这摇晃的乡村

坐在树下草一般简单

熟悉的某个瞬间

微风掠过，回忆在慢慢失重

华榛

见一位久未谋面的朋友

我得小心翼翼

华榛高大安静，年代久远

向侧面伸展的枝条

汁液饱满

似一曲生命的布道辞

种子的温润，突兀表情

试图从高海拔说到隐忍

舒缓平和的舞姿

一片箬竹叶装饰靛蓝的梦想

一叶残雪旧时的梦

从秋冬坚守到初春

黛青色的坚硬

冷峻沧桑，山白果

这个朴素的名字

簇拥湿漉漉的空气

白云舒卷，高过幽蓝的枝头

摇醒浩瀚星空

一位白发苍苍的老人

贪念隐忍的春光

欠苍山一声问好

落叶金黄松软

一只鹰，独享宁静的黄昏

桑植椴

我不知你的命名

竟然这么直接

一束白色火焰

无与伦比的力量

孤傲决绝

划开森林的幽深

时间这剂药引，缓慢低沉

倔强牵动忧伤

背负光的剧情

在天平山的海面上一意孤行

夏天肩头

鲜艳的花朵

盛满清澈的月光

天平山为你腾出的空位

毛叶椴，没有人

为此庄严的陈述

我试图破解一棵树的秘咒

一粒白花，放下我的戒备

我听到呼麦的嘶鸣

杨树

傍晚的山村

微风让许多事物安静

一棵杨树浓重的方言

刚好泄露我的遗忘

等梦醒来，我发现

一直躺在这棵杨树的下面

每年腊月回乡

我会把杨树的枝条清理一些

父亲坐在树下，树叶慢慢飘落

摇摇晃晃的牵挂，一棵生长

在曾祖父坟旁的杨树

虫鸟操琴鼓瑟，亲人也不寂寞

多少年，一个叫作

故乡的地方，被风吹得沙沙作响

我试图忍住呼吸

忍住沉默，这无限的光阴

这静穆的乡村，一棵杨树的

今生来世，让我更加踏实

亮叶水青冈

有时候，我不需要
诗歌的理由，好听的名字
无须掩饰
澧水提醒了我，千手观音
这是一只鸟衔来的故事

保护区盆景，时间的概念
海拔是这棵亮叶水青冈
一千只手托举的天堂

矜持的风，侧耳可以倾听
香火缭绕，青山水雾升腾
自鄂西而来

千年光景轮回

三角形的果实显现

夜晚的空茫，我被打回原形

在天平山

我需要一场洗礼

枇杷树（摄影：李维跃）

枇杷树 :::

有些机警，大雾卷起

乳白色波浪，让他们抱得更紧

每年腊月，母亲用镰刀在树干

割下一道道口子

给树喂上一些饭菜和唠叨

祈求来年花儿开得更艳

久咳不止，无须问诊

对于枇杷树，我想到更多的

是花苞，一条路周而复始

沉淀的矜持

是平气润肺的某个滑门

水煮花苞的密语，暗藏着

口口相传的经验

九月，枝叶的侧面

满树的金黄，幽灵似的

微风吹来，几只小鸟

跳跃枝头，一杯杯米酒

掀起阵阵波澜，童年的

一次次历险，在风中重现

香樟树

:::

来到这里，总是绕不开

草木的纠缠，呼吸顺畅

对话自由，且有足够的

想象空间。一棵树不在意

隐约的倒影，林海

卷起波浪，一经触碰

恰好是藏在怀里的暗香

高海拔的云雾

像另一种文字

天平山成吨的绿色

被风惊醒，多雨的春天

发出轻微的声响

我流连树下，空荡的身体

抛开所有困顿与虚妄

一片绿叶上的露珠

装满了远山的落日

和我注视的目光

山茶树（摄影：李维跃）

山茶树

偷偷躲在密林，忘记了自己

从山下来到这里

我抚摸着这棵树

枝头的花朵，似一颗零星的

散发着香味的珍珠

蛰伏山间，纯美羞涩

神话般的溪水似三月的翅膀

不期而至的嫣红、粉白

身披绿霞，内心藏着整个天空

我们相互依存，祈祷风声更大些

这样就能接受春天的邀请

这样，天平山就会

退回到山茶树的花蕊中

一场春雨落在我的头顶
而后慢慢滑到我的嘴角
花的味道，弥散开来

楠树

:::

一块或者一坡，我见到

箭镞从头顶驶过

肌体细腻坚硬，姐姐的嫁妆

是祖辈留下来

不能缺少，一棵树在风的缝隙间

窥视尘世的风土人情

一年四季，一棵树的吟唱

从不慌乱，也不张扬

如果把时间截成几段

微风吹过叶片，鸟在枝头搭窝

我在树下听雨，彼此相互致意

含蓄和隐忍，楠树内在的香

在风中飘散

铁杉 ⋮

区别不在于我的直觉

云雾卷舒，挺拔的身躯

被风擦亮，多雨的天平山

借一棵铁杉，签收料峭的春天

大枝平展，枝梢下垂

30米身躯，一年四季青葱舞动

一个转身，塔形树冠

是行走在半空中的一双双布鞋

喜生于雨，藏于云雾

灵性的铁杉，迷离眼神

掌心的花朵顺着

时光的手指，握紧隐隐寒意

和果实的亢奋

九月，凉润的山野

曼妙无比，月亮挂在树梢

春天留下旋律

星辰洒遍林海

马桑树

看到她，便会想起一首歌

百年前，凄惨的爱情故事

潮水一般，涌向记忆的深处

向阳的山坡，一棵树忙碌着

一丝不苟，打造一个灯台

耳边响起红军行军的脚步声

爱情似广阔山野盛开的一朵花

"马桑树儿搭灯台"

一位老人用67年的时间

守住一盏灯的光亮

"钥匙不到锁不开"

一颗干净的心，让我忍住了

半个世纪的泪水

马桑树含蓄隐忍，饱满温暖

拇指般大小的树叶

从尘世缝隙

把心中信仰的灯盏拨的得很亮

毛红椿

多少年来，我一直

深爱着芽的芬芳

还有血红的色泽

挺拔的身躯

颠覆我儿时的想象

一些故事让我安静

倔强生长

忘记了头顶的太阳

陌生的寂静

从一把椅子到一张桌子

再到一个脸盆和母亲的嫁妆

迁徙没有停止

树的倾诉，让我小心翼翼

悲喜如一粒草籽的滚落

沉默也没人在意

山拐枣

我无数次沉思

无数次徘徊在一棵树下

经验告诉我

浅灰色的迷恋

从果实开始

枝头七弯八拐的香甜

被九月的天空认领

壮实的躯干托举

浓密的绿叶，一个圆形的斗笠

天平山

在云雾缭绕的早晨醒来

五月开花九月果

季节从不吝啬，绿色海面上

繁复错落的呼吸

擦过我的表情，是天平山

留给我的一双翅膀

银鹊树

上山时，睫毛上

挂满了水珠

银鹊树，绿叶的影子

闪现着迷人的气息

树的意念，引领着高度

20米，将点点养料

输送到枝叶的尖端

并巧妙地分割

时间和体内水分

药引解开了病痛的症结

我是枝头放下的一粒种子

对一棵树的敬意

释放了所有的爱

自然的力量，风雨有些内敛

银鹊树，易长易老的树种
也有金属般的尖锐
有些时候，我甚至
怀疑自己成长的速度

尖叶山茶

闪烁的刺骨

嫩叶的苦涩

一杯茶，收藏了春天

时间接纳更多的风雨

浅白小花眉清目秀

举止优雅，蜂蝶拥挤的枝头

打破山野的寂静

这场景，易被误读

我感受到一棵山茶树

跳跃的气息

一棵山茶树

比我们善良，花蜜织成的

一张大网是陷阱，也是回报

耐心而真诚

香果树

一只白色的漏斗，在六月

回归夏天的枝头

高大的香果树

头顶的白云，裁剪着天空

季节打开的色彩

心随微风变轻

木质轻脆，包含往事的雨水

盛水的容器，成全你的微笑

翻飞的群鸟，绕不过的白

原野消隐

夜色扬起的手臂

短暂的月光，落在树梢

香果树折叠自己的影子

灯台树 :::

素白的花，是一根

针尖的宝塔，灯台树

留下月亮的轮廓

这不是我的创意

你可以随处转转

五月，半掩心扉的灯台树

大片阴影

调度绿叶中的奶水

需要朴素的承载

傍晚，一只鸟维持的安静

让我沉默

压低飞翔的翅膀

是放在树梢的一片晚霞

微风拂过

甜甜淡淡的绿着

水青树（摄影：谷志容）

水青树

一把伞，撑开了

毛茸茸的春天

葱茏的树冠不动声色

一缕阳光

托起一束火焰的幽蓝

隐忍的树木

不看好乡间的暮鼓

聆听一棵树

需要借助风雨的脚步

鸟鸣的寂静

还有月光的矜持

卸下久违防备

往事的天空，如此空旷

一片月色是春天的侧影

水青树，如一位隐士
手执一串串念珠
与整座森林对话
凡俗退去，执念妙不可言

伯乐树

夏天的天平山

消减了酷热

山泉的清凉

微风的弧度和枝叶间

落下的黄昏

对一棵树的敬仰

我抱有信任的目光

老田告诉我

她叫山桃花，也叫钟萼木

天平山一年四季的苍茫

云雾与共，风雨兼程

会不时给人惊喜

我羞于说出，伯乐树

凹凸不平的树叶保持的沉寂

卑微的尘世

更想与她交换位置

梓树 ⁝

我有些害怕，笔直挺拔

山的拐杖，一排排

列队士兵，蠢蠢欲动的场景

这种仪式

整个山坡密集可见

我坐在梓树的影子里

想象很多余

粉白条状的花瓣

一只松鼠从树上下来

在风中展示诱人的身姿

间隙的纹路

到一块木板浓烈的香味

在斧头和刨子间

交织成淡红色泽

不用装饰就能顺理成章

老屋的一件件木器

磨损的侧面，几十年来

仍然留有祖父的手艺

杜仲

纵横的沟壑里

如此宁静，几棵杜仲

一直在奔跑，湛蓝的背影

暴露了我的行踪

种子如叶，迎风飘落

我是说十月的杜仲

被挽留的，除了药用

应该还是路过天平山

遇见一棵树，怎么就成了

攀爬月亮的一架梯子

一些气味，平复了我的惊慌

站在我身边的高大杜仲

优雅的身姿，步履轻松地

走在树冠的后面

我静静地听着

我不想惊动

这真实而又铺展的七月

喜树 ：

好听的名字，撑起了

原始森林的神话和依托

喜光、耐水湿

重回枝头的身影

可以翻手为云覆手为雨

球针状的果实

从宽大叶片间挤出身子

漠然的表情

飞扬的姿势

如肺的斗篷山

锁定夜晚的行踪

优良树种的秉性

是共生的寓意，身段的荣耀

站在旁边的其他树木

作为邻居，其实并不友好

竞争耗尽了一生

一棵树的隐秘

我无法识破

走在满是落叶的树下

与一只蓝色蝴蝶不期而遇

树冠填补了天空的缺口

紫茎

晚钟沉沉

天平山上

秋风已经拿起刀子

整座树林在溪水声中

动荡

越过枝繁叶茂的夏天

时断时续的心跳

让风有了色彩和形象

一棵树屹立

划过秋天的起伏

紫茎连接的支点，弥漫山岗

思绪忐忑，声调的划痕里

用一生的光阴

换取五月的辽阔

红豆树

乘风才能越过

送一封信给她

高大身躯与倔强无关

与纠缠和荣耀无关

有装不满的月光

和远处的雨滴

森林的涛声，坚守在高处

红色的豆子就是一个隐喻

没有秩序的

除了叶片和枝丫

还有从树根爬上树梢的蚂蚁

幻想很美，心越来越高

被鸟鸣惊醒

是天平山突起的云雾

我不敢相信

偶尔也束手无策

群山之上，我藏好欲望

我无法听见树木的耳语

榧树
·
·
·

我走近的时候

喧嚣没有停歇，我凝视着

一棵树沉重的孤寂

富有节奏地

把我带进一个谎言

一年开花一年结果

第三年果实才能成熟

慢下来，再慢下来

我无须表达

榧树的从容淡定，让时间

凝固在甜淡的味道中

一个声音反复在耳边萦绕

红豆杉感到惭愧

一粒米宽的弯刀细叶
一串串，整齐划一地闪着亮光
一列火车，驶入密林深处

领春木

:::

生长并没有放慢脚步

领着春天

走在了前面

我在寂静中虚构一场梦

红色花朵，一柄剑的锋芒

遮掩半边天空

急着赶路的种子

与阳光完成交易

在眼前闪过

棕色翅果落在脚旁

两只蚂蚁为她寻找

安身之所，森林的礼物

是父亲留下的

一个台式收音机盒子

黄杨木 ...

气定神闲的样子

不在意我的存在

不易觉察的心思

一把古老的树琴

奏响天平山的晨曲

纵横的身躯

还是有些怕光

一袭白衣摇晃光影

细碎小花在风中浅笑

若隐若现，熟悉的面孔

丰富我的书写

岿然不动的除了你的毅力

还有我坐在你身边

棕树 :::

一顶帽子在我年少的天空

执拗地撑着

雨滴一直没有落下

身上密集的网状纤维

考验爷爷手持镰刀的气度

书页般卷曲的韵味

是一双草鞋的温暖

一棵棕树

坐在六月的头顶

比她更妙的，是祖父

手中一把蒲扇的清凉

猫儿屎（摄影：谷志容）

猫儿屎

●●●

九月，挂在树上的

一串游戏，仍然保持

一种天真的姿势

因此，就有了这苍凉的名字

果实成熟很慢

我的歌唱也慢

蓝色的沉默

蹲在秋天的胸口

一座花园，释放清凉的禅意

凝滞的目光会陡然惊醒

漂移的森林，一张网

落满点点雪花

小鸟追逐的果实

一粒黑色的种子闪闪发亮

遗忘或惦记
我是独居者
天平山的童话
扒下我的装束

榉木

:::

隐居在这里是一种宿命

星夜空寂

我更欣赏你

没有被摆弄和制作的样子

厚重坚硬，纹理清晰

质地均匀，色调柔和

我听到你曲折脉管中

血液欢畅的声音

"没落的贵族"

在色泽观赏，实用和气质上

你不逊色于黄花梨

你的"学榉"，以及其特殊的

如同重叠波浪尖的"宝塔纹"

甚至可以相较

纹理颇具戏剧性的鸡翅木

倚天长剑，身体的热度

摁住我狂长的胡须

我闭上眼睛，周身芳香四溢

沉默的你，已经开口说话

腊莲绣球

接踵而来的笑脸，我需要

静下心来，观察你的模样

腊莲绣球，在六月的天空

如一朵闪亮的灯盏

收敛一次次预谋

把碧绿托给鸟的啁啾

早晨的时光

灵性的蜜蜂

紧紧抓住机缘

一片叶子潮湿而散淡

腊莲绣球，似一双虚拟的眼睛

惊讶徘徊，我无法确定

鹅掌楸（摄影：李维跃）

鹅掌楸

切换一个角度，鹅掌般的树叶
告诉我不要抱怨时间

作为中国特有的珍稀类植物
秋季叶色金黄，如一件件黄马褂
相遇的随意，坚守彼此的空间

一棵高达30米的树
从叶梢到根系，投入一场风暴
一朵白黄交错的花
把碧绿托给鸟的啁啾

光影交响，丛林的缝隙
花的香味向我飘来
一棵树的倾诉，多么抽象

青檀树

漫长的一生，生长越是艰辛

越是能凸显无比震撼的风骨

奇特的树形，时间忍住了泪水

我无法书写能安稳生长数百年

甚至上千年的寄居者

更无法抓住

一棵树的血缘和憧憬

名字叫青檀，这恰恰是个寓言

深灰色，长片状剥落的树皮

在盆景里唤醒，安详地活着

一只鸟让我安静下来

没有告别，踽踽前行的气息

一片叶子更加接近春天

白辛树

从一朵花开始，你的矜持

鲜活样本，在我凝思的时候

一串串铜铃的笑声

打乱通向天庭的思绪

褐色树皮在不规则中开裂

并不那么简单

雪花般的掌声

释放足够的热情

一阵紧似一阵的风

天平山的威严在一棵树的顶端

翻开一页页经文

纺锤般的果实，穿透月光

神情是一次运算的期许

篦子三尖杉

深度休眠

是一棵树的潜规则

悄无声息

瞬间送来人间烟火

侧枝交互对生，绿色的罩衫

平展成两列，叶子流出奶汁

正在开口说话

指头般大小的果实

浓烈的香醇，清肺的翅膀

一丝丝丰满起来

被举起的灰褐色外衣

优美弧线

藏住云雨的窸窣声响

我陡然彷徨，而后慢慢

与一棵树对视

深不可测的垂暮

悉数有倦鸟归林

白豆杉 :::

你的天空，很多时候

是别人的天空

郁闭度高的林荫下

残遗着中国的

单种属白豆杉

条形的叶排列成两列

聚拢又散开

形而上的齐整

收住了游走的脚步

白色的浆果，白的蜕变

我不担心

走漏的风声释放了信息

天空大雨，树下细雨

生长也是一面镜子

豆杉的呈现，少量的紫杉醇
大自然的馈赠
紧张的月色翻山越岭
来识别这沉稳的气息

梦花树
····

屋垱头，一棵梦花树

有些兴奋，萌生的骨朵

已经适应山村的天气

一点点，疏朗谨慎

年轻的模样

一些温暖的记忆

在晨雾中，露出了春的破绽

母亲告诉我，她梦见了

过世的奶奶，乡村的夜晚

总是留有一些端口

清晨，我发现低矮的梦花树上

多了一个用树枝绾成的结

雪白的花朵，被风惊醒

金弹子

季节缓慢，你也缓慢

慢中优雅，颠覆夜色

色泽如铁，空白的地方

方寸间的原野，身披风尘

把想象还给生活

花形似瓶，香气若兰

"瓶兰花"没有停留脚步

淡黄小花在时间的碰撞中

青白色泽，彼此交换位置

单叶互生，叶绿质泽

偶尔夹杂的微光

古典憨厚的样子

散发橘红色或橙黄色的气度

自然虬曲的性格

穿梭缠绵

形似弹丸的果实

述说愉悦的往事

三角枫

老宅旁，一棵古树

从微风中醒来

三百年，一直坚韧地行走

一粒种子，在僻静角落

吟诵着凛然的孤独

蓬勃的隐秘，虚掷过往

破译尘世的密咒

站在山坡，俯瞰古树

守望乡村的安然

时间被风吹冷，三百年沧桑

跌宕浮沉，明明灭灭

疼痛和虚无磨损的记忆

留下的风声，在时间的侧面

日升月落，隐忍前行

茶树 ····

一片片绿叶，是澧水两岸

一支春天的舞曲

浓荫幽静，鲜活轻盈

三千尺白发，制造的动荡

藏于蓝天的辽阔

一杯静美的清泽，悠扬的民谣

会再一次激情洋溢

采摘，杀青，烘烤

时间的注释，经久不散

依山傍水的安宁

有着几分悠闲

缕缕乡情，天高云淡

柳树 ⋮

澧水已经挽着春天的脖子

柳树正托举一面镜子

我恰巧遇见

一缕细微的绿

枝丫的缝隙在兵器上闪烁

我屏住呼吸

等待席卷而来的雪崩

其实，眼前的欢乐

不经意落在头上

一刻也没有放松

每天都有很多人从这里路过

他们行色匆匆

百态丛生的身影

向更远的地方飘去

狗尾草，
尖端上的喜悦

狗尾草

:::

六月，整个山坡摇头晃脑

漫山遍野向我涌来

我惊恐无比，狗尾草与风对抗

想与世界达成某种共识

我漫不经心进入这场博弈

坐下来，而后渐渐

爱上了这种怒放的喜悦

风放慢节奏

狗尾草柔软

是不是自然界的合理安排

或者是某种默契

风的昭示，很快散尽

可我还是想留下

找寻她细小坚韧的花蕊

黄莲 ···

老屋前，是横跨湘鄂交界的

一座花园，树荫深处

一坡墨绿

使劲顶住寂寞，曲折的小路

顺着风，传来乡村的钟声

一种生长需要至少

七年的药材，生长条件并非

三晴两雨

抽棚，育苗，栽种

一节一节錾刻

一种草本植物的细腻纹理

浅白的幸福

声音微弱

一颗针眼般大小的种子

天地开阔

彼此聆听的沉默

消炎止痛，清热败火

我沿着她的生长一路探寻

地下疯长的块茎

叶面浅浅的芳香

缓慢的生长轨迹

接纳了更多风雨

卷柏 ⋮⋮⋮

树荫里总是躲着

旋转的叶柄

悠远的期盼

发出幸福的亮光

生性味淡，多雨的天平山

有时会被晚风迷惑

会时不时接近你的爱

青苔浅绿的山涧

传来水声

饱满圆润的脉络里

数根细须，如灵动密码

·

隐于密林的高手

十年磨一剑

滑翔的寂寥，如禅似诗

竹

竹叶片片雨，密集如

一孔唢呐，老屋檐外

百年竹林，不可思议的慢条斯理

一曲"醉卧山林"的恻隐

有着似曾相识的恍惚

我一直在等

坐在浅灰色落叶上

白日放歌，这样

等雨下得更加稠密

种群的繁衍生息

成片簇拥，彼此温暖

细雨过檐窗

一丝弹拨，辽阔倾尽所有

月如钩，竹似剑

父亲顺着早晚的碎时光

一次次穿越乡村的寂静

器皿搁在手上

生活止于安详

天麻

一根丝，可以辗落成尘

也可以蜕变为

一根救死扶伤的稻草

在澧水源头

浅棕色的嫩芽根植地下

一场寂寞的萌动

黑褐色泥土包裹的叠影

落在花丛，默默游弋

直指四月

息风止痉，只需片刻停留

一只粗碗磨水的时光

就是一剂疗伤的汤药

料峭的寒风，瞬息凝固

菌类的灵性，平抑肝阳

祛风通络，适合多种症状

漫卷尘土的西风

心恸襟怀，地面的落叶

透漏出天气

深山空旷

需要漫长的记忆

才能寻根问底，疾行的影子

适合安放

一朵野花签收的初夏

朱兰

留在天平山的时间很久

一段距离

也有无尽的虚空

长圆披针，肥厚叶稍

一种修行，骨子里的气度

让我停下来，屏住呼吸

斜展的淡紫红花

单朵顶生

时间沉淀出的浪漫和味道

有关信仰，一面镜子的背面

前世的爱人

早已敞开自己的胸怀

高山细雨，大地隆起

原野的体香

朱兰站在山崖

一缕摇曳的白光

迷宫一般

箬竹

叶片，把四季混为一团
升腾的雾气，鸟鸣林间
四处弥漫的欢笑与清香
被一一说破

云过天空
摁住含蓄与隐忍
让自己保持干净

青翠欲滴的坦然，吐露了
早春的秘密，拔节声响
从叶柄
一点点推开幽静

我习惯在密林间穿行

有时会摘下一片叶子拿在手里

闻她味道，听她呼吸

湿透的袖口，香味弥散

我是一条多余的鱼

野菊

让秋色慢下来

这需要长时间的

行进和开放，树木密集

溪水流走的落寞

野菊轻盈踱步

熟悉的微笑，落日斜过山坳

让我有些惊慌失措

近坡的鸟鸣，地上的落叶

满眼神性的花朵

就这样，回到了我的童年

草木自有草木的欢愉

简单地活着

看待时间的方式司空见惯

这是我喜欢的卑微与亲切

野香菇
···

总在雨后

遵循自然的法则

在五月分娩出

优雅的身姿

黝黑抑或棕褐

葱绿的山岗

一面面铜镜，气度掀开了

树林的密语和幽深

菌类本质，丝之延续

私密身体，配合适宜的温度

和相宜的湿度

天空投下的云朵

矜持、斑驳

鲜嫩的色泽拥挤内心

父亲总在这个季节
不停地搜寻，坚硬的岁月
落满惊讶与欣喜

五味子

●●●
●●

气味刚好

让我喜欢，一根长藤

一份生长的期许

不动声色盖过我的头顶

山坡的安详，一串红色浆果

或高或低的灯火

有时还有绿色的

没有熟透的疑虑

让年少的我，闪了一下腰

有时，我回味着熟悉的气息

一剂中药珍存岁月的痕迹

绿色孕育的群山

抬头望去

密密麻麻的欢笑迎风荡漾

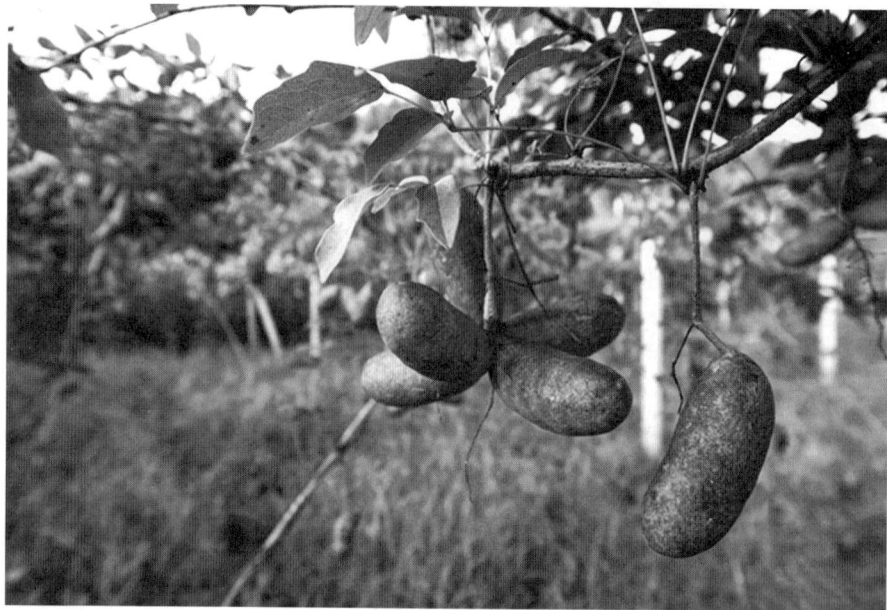

八月瓜（摄影：李维跃）

八月瓜

⋮

氤氲空气中，天平山腹地

一根青藤，缠绕在树上

寸长寸短的绿叶

似一双翅膀在春天的旅途

守住寂寞的攀爬

八月，摁压不住成熟的色彩

与时间赛跑的

除了阳光雨露，虫鸣鸟语

还有秋天递过来的消息

和一颗种子的梦想

坚守

是深藏在心底的

春天的虚幻，孕育果实

保持着幻想，诱惑持续落地

轻拂记忆深处的往事

地衣 ····

走过去，有人在低声喊我

傍晚的天平山，树木平静

溪水奔走，忽然发现

一坡地衣胆怯地低着头

记忆的缺口，不经意

被打开，细碎、隐秘的地衣

静卧地面

是天平山的知己

我的惊慌，源于这些低吟生长

草本的零落，满坡满岭

写下了天平山绿色的诗句

我试图表达，手掌厚的内敛

一步步向我靠近

贝母 :::

天平山，能够说出

有药效的植物很多

贝母在寂静中潜藏

真实存在，不注重细节

找寻到不是一件容易的事

蛰伏在阴暗的树影下

一杯葡萄酒

溢满了春天

密林深处，花开瞬间

埋在地下的果实也迅速生长

光阴紧密，一条河悄然停留

这些年，我们一直放纵生活

感冒咳嗽，父亲瓦罐里的贝母

早已游离在体外，谦卑的物种

在味觉深处，卸下或宽恕

半截烂

能够在天平山找到

一棵半截烂

就不负你一路好时光

紫花六叶的身份标识

光艳莹润，半尺绿茎

总在夜晚苏醒

潮湿宁静的腹地

似典雅女子，娇小的身躯

幸运相遇

充满想象，我不想告诉别人

一种珍贵的药草

不习惯告别，半夜提灯的人

沟壑中，找到一把

开启愉悦的钥匙

桑植大节竹

神秘的

桑植大节竹

寂静地躺在天平山

借助高海拔的掩护

倔强地活着

一个物种存在

必定有时间为证

潜伏，休眠

简单的生长，也会把

蓬勃与冥想完美结合

在与岁月的对话中

隐匿几个世纪的身影

如今，变得如此年轻

我谨慎地来到这里

我是一个满头白发的少年

竹节人参 ••••

只有天平山才配得上

你的倔强，河谷背面

自恋的，甚至是痴迷的

有着淡淡蓝光

一节节羞涩地打开

时间在这里，定格

有时也会偷偷出逃

一颗参肃穆地站着

太多时候，是我们

无法辨识缓慢的凋零

我所喜爱的是一朵浅红小花

头枕辽阔的山野

阵阵微风，欢庆或祭奠

暮春已经站在雾雨中

党参

四十年前

爷爷曾在屋后的坡地栽种

但其药效

远不及天平山的党参

来得狂野

在天平山遇见党参

脑海里立即浮现

一把年纪的爷爷

在家种植的场景

一位老人用一棵草

将夜色填满

铜铃般的花朵

交换着浅紫色的温暖

补中益气，健脾益肺

瘤状茎根，善意的目光
一寸寸分割人间的疼痛
草木之心，党参把我
带进了阳光明媚的春天

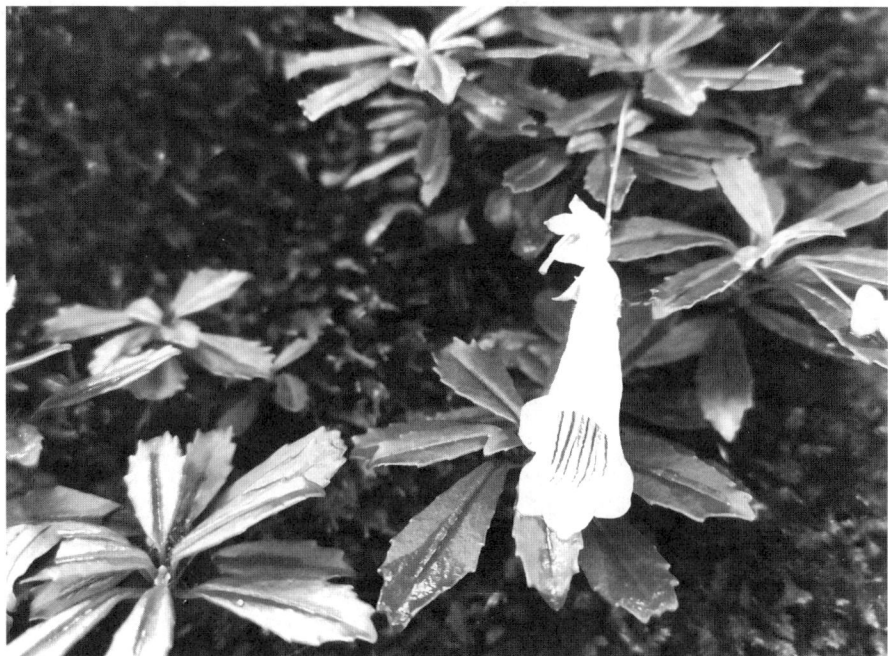

桑植吊石苣苔（摄影：谷志容）

桑植吊石巨苔

我的出生有些迟了

颜色近似青苔

并与之共生的小小灌木

借助岩石间，少量的水分

平卧的长势

屈于一种生存

善良的表情不易暴露

潮湿的言语，构成一种错乱

是她独有的血性

倒披针形的细叶

清凉干净

时间在这里最终凝固成

10厘米左右的高度

一个独特的林间生态系统

一直走在路上

紫色喇叭，胸前的吊坠

爱着高海拔的深渊

一只蝴蝶，无忧无虑在花间穿行

经验主义的属地

点头默许，天平山的专属

我依然是个孩子

边生鳞毛蕨

没有规矩或一地鸡毛

一大块凹地，喜欢群居的

边生鳞毛蕨，平静的海面

一幅地图被记忆分割

裁剪掉一些多余的绿色

缠绕在山腰的

就剩下斑驳的棕红魅影

披针形骨骼躺在山间

春风关不住她的轻慢

全缘鳞片的状茎

是一棵草的独特布局

从天平山回来

改变了我的一些认知

离我最近的地方

另一种存在格外安静

正如一棵边生鳞毛蕨

在适合的环境

潜伏自己的悲伤和苦楚

木香

味道好像有些旧了

一直还在嘴边晃动

缺医少药的年代

木香半拍的节奏

呼出我的青春

柔润的花，暗香弥漫

奶奶驼背的影子

在山间晃动，随夏至和秋分

延续到根茎

感动一棵草

蹒跚的步履间

一枚蓝色的鸟蛋

不在意季节潜伏的目光

凝香的高山精灵，没有喧哗

轻轻推开尘世的疼痛

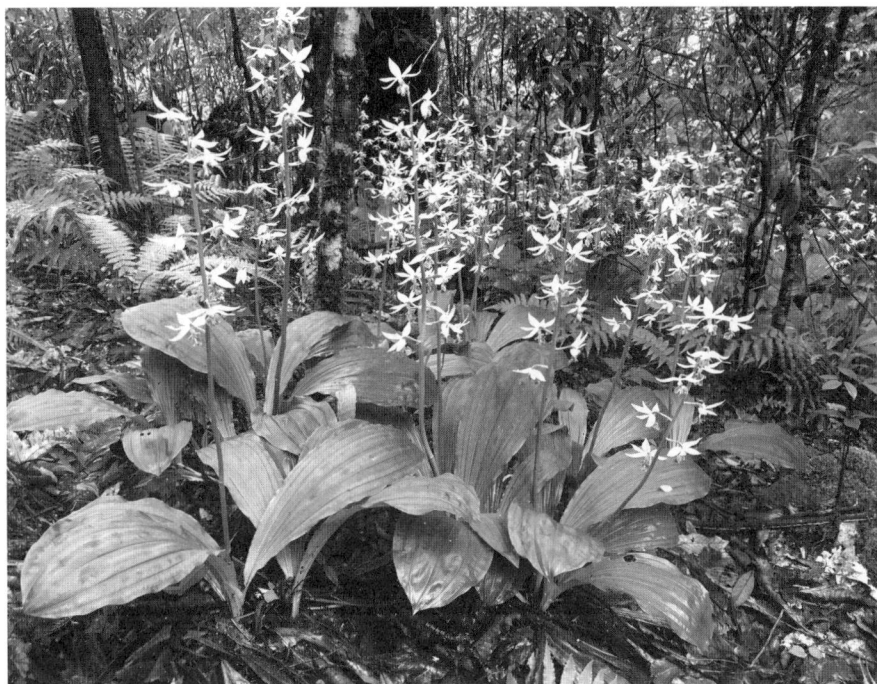

白及（摄影：谷志容）

白及果

绿色的连衣裙

一个女孩

头戴一朵紫色的蝴蝶结

轻盈地飘落在

天平山的某个山坳

花落瞬间，圆润的心思

在泥土间绽放

地下一颗独果，这寂寞的白

是一片树林的体温

蹲下身子

唯一真实的是我

还能回忆小时候

用柴火把它烧熟

可以粘好脱落的书页

白色的、黏稠的
有些香味的
椭圆根茎，在山村小学
长成幸福的故事

绞股蓝

小时候对绞股蓝

充满感激

母亲一个早晨扯上50斤

不用晒干

就能卖60元钱

纵横交错的半壁山谷

绞股蓝拖着长长的身躯

如此茂盛，一只鹁鸪

在嫩绿的海面滑行

天平山踮起小脚

伸长脖子，抱紧五月

坚硬的花朵，越陷越深

这是好东西

一坡碧绿，满地黄金

一颗颗黑色浆果落在头顶

纵情欢笑，一片新叶的气势

伸进我的童年

高过夕阳，领着我

找到失散多年的亲人

八角莲
●●●
●●●

总在黝黑的森林悄悄发芽

一群不爱说话的孩子

把树木围成的口袋

一针一线扎得很紧

多年生的草本

裂片阔三角，密林如梦

一年年躲在春天的脚步声中

一只深红色的铜铃

娇嫩的模样

我不能想得太多

互生能散风祛痰

盾状可消毒解肿

八角莲的深度是入药的微笑

草木欢愉，空气清冽

落叶孕育的八角莲

心境空茫

躲过了山水的韵脚

白术

.
.
.

我仔细辨认

一株踽踽前行的白术

新鲜的，紫红色花蕊

退回到生涩的角落

依然保持淡定

学会化妆，应该从叶片开始

茎干带刺的边缘

有足够的时间

向阳光表达气味、表情和形状

清晨，雾气腾腾的天平山

隐身草丛的白术

一颗带刺的果实

幽灵般出现在眼前

青春的模样

一滴露珠在细细打量

深埋在我心中的那株白术

一颗向善的心

总是在岳父的手掌中，开花结果

经验或技巧，仁慈深处

始终没有挣脱一棵草的牢笼

矮地茶

∙∙∙

生沙壖地，高不盈尺

这是《植物名实图考》的描述

随意坐在地上

一盏盏矮地茶

就会如此熟悉地侧身等着你

粉红花到了秋天

目光就多了

一层亮色，一颗浅红宝石

隐约地和你捉着迷藏

嫩红欲滴的样子

吊足了我的胃口

矮地茶就一直矮矮地站着

恰如其分地羞涩

我看到了一片叶子闪烁的光芒

我接受自己成为自己的过去

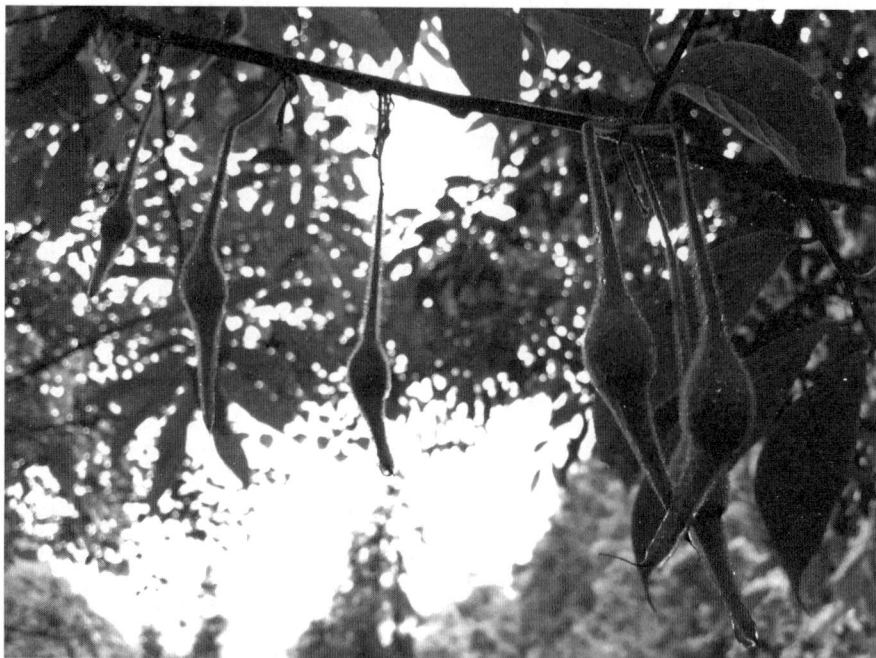

野大豆（摄影：谷志容）

野大豆

再没有人给她重新命名
黑色的豆子，潮湿的表面
是野性的区别
更是一个沉默的过程

落入我眼中的枝叶藤蔓
紫色花朵以及长圆形的荚果
都是我记忆中的样子

没有守住的
是我对你籍贯的怀疑
生长在高海拔的野生大豆
抑或大豆的祖辈还是后裔

其实，你不在意我的猜度
传说的物化，被时间虚拟
缓慢和坚韧，蜕变成一首诗

华中碎米荠

紫色的火焰是一种言语

节奏

舔着春天的味道

找了很久

才知道叫华中碎米荠

特有的舌尖容器

一直在我脑海里挣扎

家乡菜，刻痕很深

我忘了一封信的地址

宁静漫过草地

我有些紧张

记忆扩张的香味

风在花蕊上的歌唱

一眨眼，叶片就老了

杂草支起的密网
覆盖许多脚步，我还不知道
秋天已经来了

金毛狗

犀利颜色

从9字形的茎叶顶端

慢慢显露破绽

基部垫状的金黄色茸毛

缩成一团

在夏天提前升温

不是所有的生长都要结果

守望是一块坚硬的石头

蚌壳般的花朵对称合拢

背面细小的豆子

短暂的秘而不宣的酝酿

抛开高处的冷

安静的手语，接纳我的奔跑

匆忙改变了颜色

一片叶子·在呼喊

不是我的幻觉，更没有停留

林间潮湿的回音

山谷有些承受不住

猕猴桃（摄影：李维跃）

猕猴桃 ⋮

一朵花忍受着

雨雾的琢磨，挣脱的肉体

一把锋利的刀

不在乎长满细毛的叶片

乍暖还寒

藤蔓流动着笑容

江南女子注视你的眼睛

隐于寻欢的粉蝶

我无法感知猕猴桃

在山野如何奔跑

如何找到自己的爱情

优良生态，是否可以

治愈你的久咳不止

微甜小酸的味道

应该是答案

羊奶子

:::

形象的名字

南国的河山有些谨慎

刺顶生或者腋生

有许多不易错过的深意

椭圆形果实

紫红色一直走到天亮

仍然还是一粒粒锋利的音符

舌尖的认识

澄亮泛白，天空般空洞

椭圆形，或者阔椭圆形的

革质叶片，是一页没有读完的故事

平喘活血，跌打损伤

被人提起，有时也被忘记

很多年，任凭这生动的火焰

让我从一座山峰说起

别离掩饰我内心的虚无

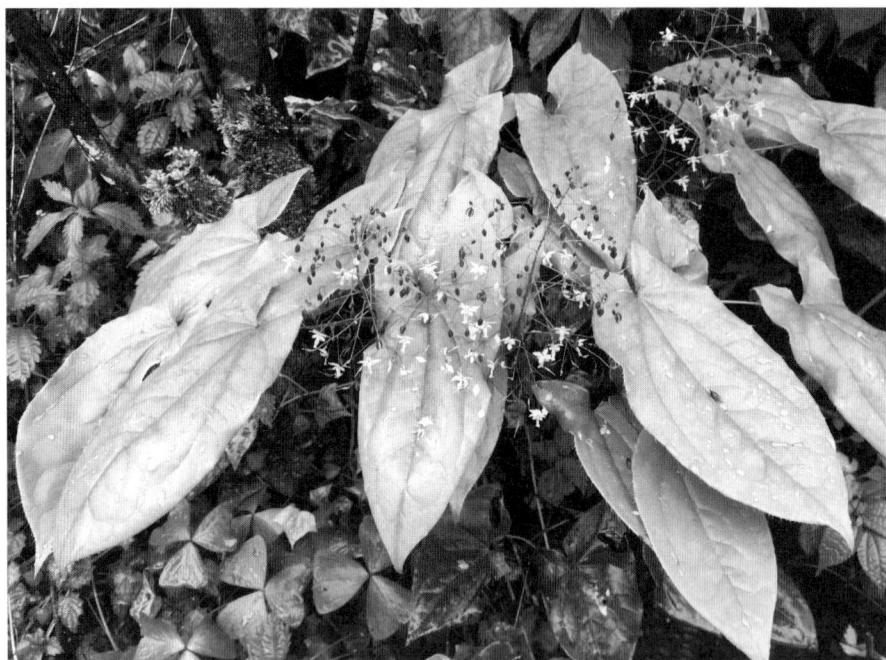

淫羊藿（摄影：谷志容）

淫羊藿 ····

深藏在林间的轮廓

安放着白色

抑或淡黄色的小花

那份委顿，一串串

透露无法控制的往事

叶缘具刺齿，青春的心情

春天留下的空白

蝴蝶上下翻飞

隐忍腰酸腿痛，四肢麻木

沟边灌木丛中的淫羊藿

头顶的薄雾，时间表情上

我无法认定热闹的枝头

承载着她内心的温润

四
两
麻

颂曰：根细而味极辛

故名之曰：细辛

年少时，父亲从山上挖来栽种

与你悄悄毗邻

多条须根的四两麻

完整饱满

心形叶片让我们相遇

依着山势，沉睡轮回

名字中的故事在风冷头痛

痰饮咳逆

和风湿痹痛的光景中

棕黄色的小花

隐藏了更多的巡游

流落尘世的细辛属四两麻

另一种存在，一门学问

平息着身体的暗涌

兰草

透过斜斜的雨丝

兰草的长势，慢慢推开了

澧水的簇拥

一衣冠楚楚的女子

弯腰的姿势

九叶的绿裙没入水中

宁静的花蕊，一种力量

敲击河风，一堆蓝色的火焰

在季节的边缘

照亮岁月的路口

兰草，澧水银弦上

屈原弹响的辞曲

在水落石出的瞬间

一任潮湿的静谧

表述生长的快乐

玉米

我开始怀念她的青春

风吹草动，枯叶飒飒作响

气息在草丛中流窜

父亲保持的从容与淡定

晚风清瘦，秋天的收场

一本手不能释的经卷

黄昏降临以及被落叶

更替的季节，一群山雀的欢愉

占驻一片河山

野菊依然开放

留白的部分，炊烟升起

一滴汗水，千万颗种子

遍野盘结的清香，从未走远

萱草（摄影：谷志容）

萱草 •••

天平山给出萱草的旋律

《诗》云：焉得谖草

玩味以忘忧也

扁平状、长线型的叶片

一排排金针，不需要设定

"忘忧草"，就能吸纳

天平山潮湿的水汽

橙黄花色

假想成百合花的用意

细小的果子映着阳光的背影

蓬勃气息

幽谷间，振翅飞翔

一朵小花，圆满的背面

痕迹与凉意不期而遇

坐进夏天的"宜男草"

天平山放慢了脚步

虔诚探寻，有我想见的人

显齿蛇葡萄

· · ·

一株草的命运

挣脱季节，是神给予的馈赠

消炎止咳，活血定神

放弃一个名词的本真

一组奇特的符号

被善德破译

制成饮品，银白色的莓茶

有修身之甘

有养心之静，陶然其乐

酣厚而清芬

显齿蛇葡萄，球形果实

精妆俏扮，碧绿托给鸟的啁啾

卵圆形种子，娇媚含羞

不经意的一口

浇注你永恒的写意

风停了，花儿还在窃窃私语

蒲公英

村子背后，树木潦草

蒲公英，承载不了我的描述

将暮色一朵朵命名

细碎的漫天飞舞的金币

慢慢打开空虚的指认

我惊异于一朵花的献祭

有时我也执意掩藏

一些想法，草丛、河水

泥土或者岩石，一些简单概念

暴露了梦的深渊

一朵花的野性粗犷

说不出的空

旅途的棱角和弧度

不会轻易收笔，风是多么狡诈

乡村繁星闪烁，我们相互致意
一次游历如此随意
一条河在天空流淌
轻盈驾驭整个秋色

百合（摄影：谷志容）

百合

清脆的鸟鸣翻阅

澧水地图，欢笑的叶脉

被雨雾一层层拨开

花影照见溪水

也照见山的空寂

晶莹的心思，澧水源的夏天

被百合补充完整

孤独是慢节奏

沉默也正好错过

涧水的舞蹈，私语移动

花香酣然留念群山的空茫

落叶斑斓

石头旧痕凹凸有致

天平山最后的空灵

小于一朵花

浅绿的阳光，摇曳喧嚣

我穿戴上百合的香味

整个山谷在动

栖居在一处宁静山野

百合谷，一朵朵

透明欲破的云彩

见到你之前

我不想说出更多离别

龙虾花（摄影：李维跃）

龙虾花

清秀灵动，有些神秘

天平山的河岸与谷底

微风吹过

悄然喊出时间之蕊

明与暗，相映生辉

整座森林响起热烈的掌声

我舔着露水，与花比邻

鸟鸣散落半坡

溪水攥着浪的足迹

蝉声悠扬婉转

风中摇曳的倩影

一匹红马停了很久

天堂的花朵，天平山松开手掌

一面墙，砌在春夏的额头

鲜花渐欲

一条壁虎认出了我

大地静寂，花在溪边奔跑

一路闪耀的光芒

艳而不俗

深藏的花事，静逸如山

杜鹃花（摄影：谷志容）

杜鹃花 ●●●●

一束束，燃烧的火焰

不紧不慢，赶在三月

结结实实扎紧天平山的袋口

凝望的眼神，蜂蝶成群

滴滴答答，青山往复

所有的静物，都会反光

瞬间变幻莫测

独自站在你身旁

静逸是内心的一次浩荡

洁净女子富贵端庄

清浅导入镜头把春天藏下

延伸溪水的叮咛

我小心翼翼地蹲下身子

群山光鲜的芬芳，一浪一浪

布阵而来，慢慢缠住山腰

聆听杜鹃抚弄

一千八百多米的竖琴

夜色缝合的天平山

与我保持一段情缘

一个人的夜，一个人痛饮

坚硬的岁月更加清冽

悠闲的晚风扬起又落下

一片月光正敲打另一片月光

油菜花···

更多时间，我只是观看

金黄，一个身披光环的词

静而神秘，让我想入非非

一道道绸缎从山冈慢慢滑下

直到马鬃岭深处

一只鸟在风中

搜寻着整道山梁燃烧的光芒

春天，如此躁动不安

落日如血

疯长的金色绸面一泻千里

大地露出惊慌

霞光捋着花香

辽阔与空旷，已无处藏身

七叶一枝花

一剂压在药箱底的宝贝

打破了我的立意

天平山，一直不向外人袒露

花与七叶是你不曾

想象的样子

形状极为相似的花叶

纠缠很深，短促的碧绿

根茎有富足的力气

成为抵御暗疾

设置的恐慌和悲伤

清热解毒，消肿止痛

特有的矜持

是云南白药的灵魂

途经春光

走过坡地暗藏的玄机

没有破绽

在谷底，我把自己

置于深渊的内核

七片叶子为我遮阴避暑

兰花

微笑让我慢慢闭着眼睛

天平山躺在一缕清辉里

在日月的裂隙中

留下鲜活记忆

敲开高海拔的一扇门

兰花一览无余

山崖，绝壁

怒放，相互碰撞

不留余地，而又悄无声息

几只蝴蝶，让我分辨不清

身后的月亮

绿野潮湿的空气

将我唤醒，狂野的内心

神灵在高处看着

一阵微风，败下阵来

金银花

寸长的花蕾

是一只只困兽

时间不会淡忘一杯茶的味道

一枚枚暗器，总是躲在

溪水的背面

纯净的风渐渐被她稀释

金属般的名字

不是生活的面孔

眼前，粉白堆砌的清脆声响

五月的山野

沿着傍晚的轨迹

随月色起伏

翻滚的琴音

打开我年少的记忆

上坡采摘，回家晒干

委身山野的母亲

湿漉漉的身影

弄痛了我的胸口

茶花

···

茶花在清冷的月光下

倒影躲进被溪水撕破的夜色

淡淡香味，赤裸地

被风扯着，左右摇晃

一只夜鸟在花香的刀刃上

逼向了密林深处

绿衣裹体的女子

以身相许

芳菲漫过羞涩的记忆

浸润的内心

枕着澧水的号子

用水声取暖

一朵娇艳的蕾朵

让我嗅到了

从子宫飘来的气息

桃花
∶∶∶

满坡的吆喝，香气四溢

细嫩柔顺的花朵

多么年轻

迫不及待喧嚣涌动

每年春天，母亲提着镰刀

修枝剪叶，巡视蝴蝶翻飞

鸟儿鸣叫，一朵桃花的娇艳

簪在头上，回忆母亲的羞涩

山村浪漫的舞台

春的画廊，一泻千里

母亲一直走着

晚风吹拂，芬芳洒满一地

落日如灯，群峰似幕

燃烧的溪水，粉红的轻烟

袅袅萦绕，恬淡安逸

杏花

撩人喧响，一定是五月
我是说杏树体内的萌动
那些流淌的，美妙的梦
陡然从枝头醒来

山间，一些重复的声音
在我耳旁跳跃
一朵花竟然让我
东躲西藏，最终还是
没有绕过我们的相遇

就这样交流或者沉醉
肆意翻飞的花朵
卷起一层层波浪，我抬起头
感到一阵眩晕
香味落满我的双肩

樱花 ●●●

远远望去，一匹匹白马

如此静谧

抑或又如此骚动不安

密林深处，春天如约而至

细微的声音有些飘逸

隐蔽是真实的

颤动也是真实的

这都是经验之外的事情

一朵或者几朵，内心的演绎

春风一遍遍吹过

一匹匹锦缎

亮出摇晃的底色

袒露芳程而欲言又止

这种羞涩正放慢脚步

细碎的花朵落在眼前

眷顾的模样

安静地发着微光

红花茉莉

一朵花，不会错过

时间的邀请，我的等待

是花开的声音

让人觉察不到枝头的闪亮

天平山脚下

澧水平静的旅程

红色的花朵，追着流水前进

好脾气，不怯场

慢悠悠地开了

沿河两岸

一匹匹红色锦缎

二月的灵气在流水的浪尖

长出了红尾巴

山村依旧
落在地上的一片花瓣
步履沉重，不知走了多久

金丝桃花

细密浩瀚的粉红

一片片云彩

飘然而至，细雨隐匿处

回头一瞥，灵魂就会丢失

田园，家舍

选择金丝桃花的净洁

清纯如许，平淡如许

一个花蕊还没有恋爱

义无反顾的生长

不会屈服春天的势力

"短短桃花临水岸

轻轻柳絮点人衣"

在片片金丝花蕊的温润里

让我读懂了

陶渊明的"修齐治平"

迎春花（摄影：李维跃）

迎春花
：：：

二月刚扭过头去

迎春花就不知不觉地醒了

风吹着，缓缓地吹着

花蕾站在枝头

周身没有一片叶子

恬静而空灵

清晨，我站在二楼的走廊

一树洁白的瀑布挂在眼前

有点寒冷

教室里传来朗朗书声

一遍遍拍打着

迎春花优美的身子

微微香味随墙外的河风吹来

隐秘和快乐

渐渐漫上我的双肩

独花兰

刚坐下去，独花兰就开了

一只蜜蜂

停在弯刀似的叶片上

芬芳的姿态

眼前，突然清晰起来

傍晚，我举起春天的酒杯

瞬间，落日蔚蓝里

谁也无法控制

黑夜的本色

在叶片的边缘

一只鸟的鸣叫

划过稍纵即逝的神秘

紫罗兰

∙∙∙

四月，满坡紫妆

阳光下，一路荡漾的花朵

风生水起，一个上午

我都揉着眼睛

一个人的途径

一群妩媚的女子

向我靠近，手舞足蹈

我淡定思考

爽朗的呼吸

在林间发酵

溪水沿岸，熏香的山坡

微风有些承受不住

春天绽放的生命

一朵朵，被舒展开来

风停了，花儿还在窃窃私语

风停了，花儿还在窃窃私语

三月，澧水向晚的山坡
春天的葱绿，有时也很隐忍

草尖上的光芒
像紧绷的细雾会突然打开
一只雏鸟正在试飞
空旷的山谷，紫色，黄色
白色，一望无际

满眼的花开，篆刻万顷浅绿
雀鸟欢歌笑语，气场无限延伸

山的背面，虚妄慢慢淡去

几只乌鸦拭擦的天幕下

树林虚构的暮雾

大片大片涌出

一堵墙，换取春天的辽阔

心潮澎湃，汹涌的梦中

树木还在窃窃私语

繁花落尽人间

风记着花的味道